Femme de ménage—Sur commande

Hal Annas

Writat

Cette édition parue en 2023

ISBN :

Publié par
Writat
email : info@writat.com

FEMME DE FEMME – SUR COMMANDE !

Par HAL ANNAS

Herb Cornith secoua sa tête sombre, déçu. "Non," dit-il, "elle ne fera pas l'affaire. Il lui manque une once pour avoir le bon poids."

La blonde élancée derrière le bureau cligna des yeux bleus et fronça les sourcils. "Mais M. Cornith ", a-t-elle insisté, "vous correspondez parfaitement aux spécifications de Miss Lucy Hollowell. Elle a même précisé que l'homme devait être très exigeant, méticuleux et exigeant. Vous êtes certainement tout cela lorsque vous chicanez sur une once de son poids. ".

Cornith prit la fiche technique dans sa main droite musclée. Il l'étudia de ses yeux marrons pensifs. "Cela ne semble pas correct", a-t-il déclaré. "J'admets que j'ai des traits forts, mais je ne suis pas beau."

"Pour une femme, vous êtes beau, M. Cornith . En fait, magnétiquement."

"Je ne mesure que six pieds, pas soixante-treize pouces."

"C'est une erreur typographique, M. Cornith . Elle devrait indiquer soixante-douze pouces. La copie corrigée devrait bientôt arriver. Quelque chose s'est mal passé avec la machine."

"Et mes yeux ne sont pas particulièrement expressifs. Je cache généralement mes pensées."

"Cela, M. Cornith , n'est que votre propre opinion. Vous ne savez pas quelle expression vous pourriez mettre dans vos yeux lorsque vous regardez dans les yeux de votre âme sœur."

"Les yeux de mon quoi ?"

"Excusez-moi, M. Cornith . Je sais que vous n'êtes pas du genre poétique. Vous êtes du genre robuste, mais intelligent et réaliste. Pourtant, vous répondez aux spécifications."

"Vous avez dit qu'il y avait une autre feuille au cahier des charges ?"

"Oui. Il ne sera terminé que demain. Mais laissez-moi vous assurer que cela vous convient. En fait, il décrit chacune de vos vertus et de vos défauts."

Cornith jeta un coup d'œil autour de la grande pièce. Ses yeux marron se posèrent sur une maquette d'une des premières fusées martiennes. Il l'a étudié pour un espace, voyant mentalement son intérieur et son moteur atomique dépassé. Cela lui rappela qu'il devrait retourner au laboratoire et vérifier les tests du collecteur de rayons. Cette affaire de querelles sur les spécifications d'une femme était une nuisance. Ses exigences figuraient dans son dossier depuis qu'il avait passé le test Levet à l'âge de dix-huit ans. En raison de sa nature exigeante, il avait été difficile de les pourvoir. A vingt-sept ans, il n'était toujours pas marié. Non pas qu'il s'en souciait. Mais en raison du fait qu'il était d'un niveau mental plus élevé et physiquement apte à survivre dans une civilisation complexe et en expansion, la Fondation l'a poussé à se marier et à avoir des enfants.

C'était la procédure acceptée. Le mariage était rarement découragé, mais il était conseillé uniquement à ceux qui répondaient à certaines spécifications. Le but était d'améliorer l'humanité afin que l'homme puisse se maintenir dans un système solaire qui s'étendait déjà vers les étoiles. Le système était en vigueur depuis longtemps sur Mars, mais en raison du climat plus froid et de l'atmosphère plus mince, Mars comptait moins d'un dixième de la population de la Terre. À elle seule, la sélection sélective leur avait permis de survivre.

"Désolé," dit Cornith . "Cette Lucy Hollowell va à tout sauf qu'elle est trop maigre. Je ne veux pas d'un sac d'os pour femme."

La blonde sourit ironiquement. "Elle ne pèse qu'une demi-once en dessous des spécifications, pour être exact. Peut-être n'avez-vous pas lu attentivement vos exigences. Permettez-moi de vous rappeler, M. Cornith , que la Fondation a sondé chacune de vos pensées, conscientes et subconscientes, chacune de vos réactions physiques, et ils précisèrent simplement que la jeune fille devait être particulièrement intelligente, en nommant les sujets qui correspondraient à votre modèle ; qu'elle devait être belle selon vos critères ; qu'elle devait mesurer cinq pieds quatre pouces et peser cent vingt ans. trois livres.

"Maintenant, M. Cornith , il y a une petite chose que la Fondation a décidé que vous avez implantée dans vos pensées par suggestion avant de passer le test. Ils ont décidé que vous étiez facétieux. Je fais allusion aux exigences spécifiées selon lesquelles votre femme doit être capable de remuer les oreilles, de lancer sa voix et d'effectuer des tours de passe-passe, entre autres choses curieuses. La Fondation dit que ces choses peuvent ne pas être essentiellement requises. Mais ils admettent l'exigence selon laquelle elle doit être désireuse de vous plaire à tout le temps. Et comme c'est dans la nature de Lucy Hollowell d'être désireuse de plaire à l'homme qu'elle épouse, elle pratique même maintenant la ventriloquie et apprend à remuer les oreilles. Elle a un esprit brillant et n'aura aucune difficulté à apprendre un certain nombre de tours de passe-passe. des tours de main."

"Mais elle est trop maigre !"

"Une demi-once, M. Cornith . Elle pèse cent vingt-deux livres, quinze onces. Elle pourrait très facilement gagner cette once en faisant un effort, mais vous avez précisé qu'il ne devrait y avoir aucun effort conscient pour respecter les mesures physiques et le poids. " Elle devait être pesée, mouillée, alors qu'elle sortait de la douche, juste avant le petit-déjeuner. Nous supposons que l'humidité pesait une demi-once. "

"Je n'aime pas les femmes maigres."

"Nous en avons un autre, moins brillant, mais qui répond à toutes les exigences physiques autres que le poids de cent vingt-trois livres et quatre onces."

"Trop gros. Je ne supporte pas les grosses femmes."

"Permettez-vous à Lucy Hollowell de prendre consciemment une demi-once ? Elle peut le faire en quelques heures. Elle a un esprit brillant. Elle peut réguler son propre flux glandulaire."

"Non. Je ne veux pas épouser une femme qui pense toujours à son poids, et si elle commence maintenant—"

"Vous êtes très exigeant, M. Cornith !"

" Naturellement. Les exigences de Lucy Hollowell exigent un homme exigeant. C'est du moins ce que rapporte la Fondation. "

"Alors tu y réfléchis sérieusement ?"

"Aucun, du tout ! Elle est trop maigre. Si elle avait juste une once de viande de plus sur ses os, je l'épouserais sans même lui demander son nom. Mais je ne veux pas vivre le reste de mes journées avec une femme qui a l'air d'être une femme." comme un squelette animé, qui doit se tenir deux fois au même endroit pour projeter une ombre, qui doit boire du jus de tomate pour vous empêcher de regarder à travers elle.

"Que diriez-vous de la femme de la même taille qui pèse cent vingt-trois livres, quatre onces."

"Une telle confiance en boeuf ! Comptez sur moi. Elle projetait son ombre deux fois. Il lui faudrait une semaine pour la serrer dans ses bras, petit à petit. Elle ferait trembler la maison à chaque fois qu'elle traversait le sol. Impossible de la garder dans des vêtements. J'aurais besoin d'une usine de nylon et de lin pour fournir le tissu d'une tenue. Non ! Je préfère avoir un squelette qu'une baleine.

"Alors tu penseras à Lucy Hollowell ?"

"Je n'ai pas dit cela. Cela ne me dérangerait pas de la regarder de loin, car si elle répond aux autres spécifications , elle doit être sortie d'un rêve. Dommage qu'elle doive être construite comme un rail. "

"Pas comme un rail, M. Cornith ."

"Un squelette alors."

"Pas comme un squelette non plus. C'est Miss Vénus de 2190."

"Quoi ? Tu veux dire, cette Lucy Hollowell dégueulasse est la même que ce magnifique ensemble de courbes et de beauté ?"

"Exactement. Et maintenant ça t'intéresse, hein ?"

"Non. Elle ne répond pas aux spécifications."

"Mais tu la laisseras venir au laboratoire et te regarder travailler, n'est-ce pas ? Après tout, tu réponds à ses exigences."

"Non ! Je ne veux pas de perches ambulantes dans le laboratoire."

"Mais peut-être qu'elle n'apparaîtrait pas comme ça."

"Elle a un poids insuffisant."

"Selon vos exigences—seulement. Des milliers d'hommes pensent qu'elle est parfaite. Et elle va être très déçue si l'homme de ses rêves—"

"Elle quoi ?"

"Désolé. J'avais oublié que tu n'es pas du genre poétique. Elle ne te considère pas comme l'homme de ses rêves, mais elle te considère comme étant tout ce qu'elle veut chez un homme. Tu la laisseras venir au laboratoire, n'est-ce pas ?"

"Non."

"Mais elle veut au moins te voir. Sais-tu que tu es le seul homme parmi des milliers qui réponde exactement à ses exigences ? Même jusqu'aux rides sur ton front quand tu fronces les sourcils. Et même jusqu'à être têtu sur certaines choses."

"Je dois revenir et vérifier ces collecteurs de rayons—"

"Et tu la laisseras t'accompagner ?"

"Non."

"Mais elle attend dans le bureau voisin, et vos exigences exigent une femme qui a sa propre volonté. Je pense qu'elle est—"

"Pas un esprit propre qui la rend déterminée à faire ce qu'elle veut en tout."

"Bien sûr que non. Mais je pense qu'elle est—"

"J'ai spécifié une femme qui n'essaierait pas de porter ce pantalon."

"Elle ne le fera pas. Ce n'est pas le tien, en tout cas. Même si tu es trop grand pour eux. Mais je pense qu'elle t'accompagnera au laboratoire."

"C'est ce que tu penses," dit Cornith avec détermination et il se leva. "Une boisson d'eau maigre et dégueulasse ne va plus suivre Herb Cornith . Surtout un sac d'os féminin. Euh! Excusez-moi. Qui est la dame qui vient d'entrer sans frapper?"

"Oh ! Juste une seconde. Miss Hollowell, M. Cornith s'apprêtait juste à venir vous chercher. Miss Hollowell, M. Cornith ."

Cornith inspira profondément et passa un doigt sous son col. Il regardait, s'abreuvant de la beauté de la silhouette symétrique sous la robe rose, de l'éclat des traits lisses. Il l'avait déjà vue auparavant, mais seulement dans un vague rêve dans lequel elle était bien plus charmante que les vues télévisées de Miss Vénus, mais dans le rêve , elle ne lui avait pas fait ce qu'elle faisait maintenant. Elle agissait sur lui comme un aimant unipolaire agit sur un aimant de polarité opposée. De plus, elle semblait elle-même abasourdie. Ses lèvres légèrement entrouvertes révélèrent des dents blanches, et ses yeux d'un bleu profond semblaient dire des choses que seuls les yeux peuvent dire.

"Un plaisir", dit Cornith en enfermant sa petite main chaude dans la sienne. "Je disais juste à Miss…" Il fit un geste vers la fille derrière le bureau. "Je lui disais juste que je—euh, je, euh."

"Vous allez au laboratoire", dit Lucy Hollowell, plus comme une lecture directe de ses pensées que comme une question.

Cornith sourit et hocha la tête. "Tu veux bien venir ?"

Lucy Hollowell retira sa main et un jeu de cartes apparut de nulle part et s'étala en éventail entre son petit pouce et son index. Cornith resta bouche bée. L'instant d'après, son attention fut attirée par ses oreilles qui dépassaient de dessous ses cheveux soyeux platine. Les oreilles remuaient de façon enchanteresse.

Rouge et brûlant, Cornith chercha un mouchoir dans sa poche de poitrine. Il fut étonné de trouver une grande rose espagnole dépassant de la poche. Il le tenait dans sa main et le regardait dans un silence stupéfait. Lucy Hollowell tendit une petite main blanche et lui prit la rose. Elle le tint contre sa joue jusqu'à ce qu'il s'aperçoive que ses lèvres et la rose étaient de la même couleur. Puis elle l'attacha dans ses cheveux platine où ses pétales rouges chauds contrastaient brillamment.

"Euh, euh. Je disais…" commença timidement Cornith .

"C'est un sac d'os," termina une voix derrière lui.

Cornith se retourna et la même voix dans une partie éloignée de la pièce dit : « Par ici ! Cornith sursauta. Il fut perplexe pendant un moment, puis il se rendit compte que ces petites voix avaient la même voix rauque et profonde que celle de Lucy Hollowell. Il se tourna vers elle et sourit faiblement.

"Tu m'invitais à aller au laboratoire avec toi ?" dit Lucie.

Cornith hocha la tête. « Je pensais que cela pourrait intéresser... » Il s'interrompit brusquement, la bouche grande ouverte. Il n'en croyait pas ses oreilles. Il entendait sa propre voix, ou une juste imitation de celle-ci, répétant ses mots précédents : « Gawky... beanpole... tagging... »

"Arrête ça!" dit-il brusquement.

Le silence régnait et Lucy Hollowell restait dans une immobilité rigide. Et tandis que Cornith le regardait, ses joues couleur pêche devinrent roses, puis rouges. Les veines de son joli cou gonflaient et palpitaient. Elle se tourna lentement sur ses jambes chancelantes et s'effondra doucement dans les bras de Cornith .

« Qu'est -ce que... ? Il se tordit le cou et regarda la blonde avec un appel frénétique. "Qu'est-ce qu'elle a ? Tu ne peux pas faire quelque chose ?"

"Vos exigences exigent", répondit la blonde sans émotion, "une femme très obéissante. Quand vous lui avez dit d'arrêter ça!" elle a tout arrêté, y compris la respiration."

"Oh!" Cornith soupira de soulagement. "Alors c'est tout!"

"Mieux vaut lui dire de recommencer à respirer," dit la blonde avec désinvolture.

"Mais les exigences ne doivent pas être prises au pied de la lettre", a soutenu Cornith .

"Elle ne prendra pas tout au pied de la lettre. Une entente entre vous arrangera cela. Mais en attendant, vous feriez mieux de lui dire de respirer à nouveau."

Cornith baissa les yeux sur le joli visage qui avait maintenant retrouvé sa couleur pêche soufflée normale . Il fut étonné de voir un tout petit peu d'azur profond sous une paupière pas tout à fait fermée. Aussitôt, le couvercle se referma hermétiquement, frémit un peu et resta fermé. L'esprit de Cornith travailla rapidement, reconstruisant les événements depuis le début, et il se souvint des veines gonflées, de la précaution prise pour tomber dans ses bras, des joues rouges qui n'étaient pas de la couleur qui précède normalement l'évanouissement. Il remarqua maintenant la respiration superficielle et contrôlée, et il sentit un léger tremblement dans le corps doux et chaud qu'il tenait dans ses bras.

La rapprochant, Cornith dit : « Cela devrait la faire s'en sortir » et pressa fermement ses lèvres contre les siennes.

"Non, non, M. Cornith !" s'exclama la blonde. "Les exigences disent qu'elle est censée s'évanouir quand vous faites ça."

C'était vrai. Lucy Hollowell a semblé reprendre vie puis s'évanouir en extase. Elle s'affala mollement dans les bras de Cornith tandis qu'un léger tremblement parcourait son corps chaud. Pour s'assurer que les résultats étaient mathématiquement précis, Cornith réessaya, l'embrassant un peu plus fermement cette fois. La réponse fut la même. Dans l'intérêt de la science, il testa la question une troisième fois, puis se tourna avec ravissement vers la blonde.

"Regarde ! Elle s'évanouit à chaque fois que je l'embrasse."

"Naturellement, M. Cornith ," commenta la blonde un peu amèrement. "Vos exigences exigent que, même si certains membres de la Fondation pensent que vous étiez d'humeur facétieuse lorsque vous avez passé l' examen Levet . Ils soupçonnent que vous avez implanté un grand nombre de suggestions avant l'événement, pour biaiser vos réponses. " "

"Elle a un poids insuffisant", a insisté Cornith .

« Est-ce qu'elle a l'air trop mince ?

"Non ! Elle est parfaite. Mais il lui manque une once—"

Claque! Une petite main blanche frappa violemment la joue de Cornith et fit remonter le sang cuisant à la surface. Il a failli laisser tomber la fille. Elle plaça ses jambes longues et fines sous elle et supporta son propre poids. Claque! Une autre petite main attrapa Cornith avec picotement sur l'autre joue. Il inspira profondément, sentit ses muscles se contracter.

"Maintenant, maintenant, M. Cornith !" prévint la blonde. "Le cahier des charges exige que votre femme ait beaucoup de feu."

"Cela ne lui donne pas le droit de me faire tomber la tête", a fanfaronné Cornith . "En plus, ce n'est pas ma femme !"

"Es-tu blessé, chérie?" Lucy Hollowell a dit avec sympathie. "Je suis désolé ! Tiens ! Laisse-moi t'embrasser les joues et les soigner."

« Qu'est -ce que… ?

"Maintenant, maintenant, M. Cornith ! Elle est censée être sympathique, compréhensive et très tendre lorsque vous avez besoin d'elle."

"Je n'ai pas besoin de ce genre de sympathie et de compréhension."

"Regarder!" Lucy Hollowell lui prit le menton dans une main douce et le força à la regarder. "Mes oreilles!" Ils remuaient à nouveau au rythme des douces notes d'une valse venue de quelque source cachée.

"Arrêtez ça ! Non, non, non ! N'arrêtez pas de respirer. Arrêtez simplement de remuer vos oreilles. Ne vous évanouissez pas. Restez immobile. Et arrêtez de cueillir des pièces de monnaie dans l'air. Et si c'est vous qui faites cette musique, arrêtez ça, aussi."

Le silence régnait. Lucy Hollowell restait parfaitement immobile. L'expression de ses jolis traits était empreinte d'intérêt et d'inquiétude. Ses lèvres mûres frémirent légèrement. "Tu ne m'aimes pas ?" dit-elle.

"Moi aussi."

Instantanément, la fille était partout autour de Cornith , le serrant dans ses bras et l'embrassant en même temps et murmurant des mots affectueux.

"Hé!"

"Maintenant, maintenant, M. Cornith . Elle est censée être très sensible aux mots d'amour."

"Je n'ai rien dit sur l'amour."

"Tu as dit que tu l'aimais."

"J'ai simplement dit : 'Moi aussi'."

"Mais elle est censée comprendre même si tu ne mets pas tout en mots."

"Quand est-elle censée arrêter ça… ce rétrécissement ?"

"Elle te laissera tranquille quand tu voudras qu'on la laisse tranquille."

Lucy Hollowell recula, tapota ses cheveux platine et regarda son image dans un petit miroir. Puis elle sourit gentiment à Cornith et revint à ses côtés. "On y va?" dit-elle.

Ce changement soudain d'humeur et cette reprise de maîtrise de soi, après sa démonstration de l'instant précédent, étaient plus que ce que Cornith pouvait facilement comprendre. La blonde apporta la réponse.

"Ses humeurs changent selon la situation et les besoins du moment."

Cornith se gratta la tête sombre. "Je ne sais pas", commenta-t-il pensivement. "Je ne pensais pas qu'aucune femme au monde répondrait aux exigences que j'avais fixées. À dix-huit ans, je pensais que toute l'idée était stupide. Je ne voulais pas me marier."

"Bien sûr," dit Lucy avec compréhension. "Vous pensez toujours que ces examens, ces tests et ces spécifications sont stupides. Je comprends. Et vous avez mis beaucoup de choses que vous ne vouliez pas. Mais je devais répondre aux exigences, et mes réactions et mes réponses devaient réellement faire partie de moi, pas ad lib. Je peux les changer à temps.

"Elle est très compréhensive, M. Cornith , et désireuse de plaire."

"Mais tout cela n'a aucun sens", a insisté Cornith .

" Bien sûr que si," dit Lucy avec sympathie. « Ce n'est pas bien que vous deviez épouser une fille qui répond à toutes les exigences que vous ne vouliez pas. Je sais exactement ce que vous ressentez, et après notre mariage, nous travaillerons ensemble pour modifier les règlements de la Fondation . "

"Je n'ai pas dit que je t'épouserais."

" Bien sûr que non. Et ce n'est pas juste pour vous de devoir le faire. Je sais exactement ce que vous ressentez. Et je vous réconforterai autant que je peux. Ici, vous avez une femme entre vos mains dont les réactions sont tout ce que vous pensiez être stupide. Parce que vous êtes un scientifique et que vous n'aimez pas les bêtises. Du moins, pas trop. Et vous avez mis toutes ces choses dedans, pensant que tout le monde verrait à quel point elles étaient stupides. Vous ne l'avez pas fait Je pense que n'importe qui serait assez stupide pour être comme ça. Je suis vraiment désolé pour toi, de devoir épouser une femme avec toutes ces choses stupides enracinées dans ses réactions.

"Nous ne sommes pas encore mariés."

"C'est le pire. C'est cette anxiété avant un événement à l'issue douteuse. Je suis vraiment désolée, chérie ! Mets ta tête ici sur ma poitrine et laisse-moi te réconforter."

"Foncez!"

"Maintenant, maintenant, M. Cornith . Le cahier des charges... une femme aux sentiments profonds... prête à réconforter."

"Lancez-le ! Dashez-le ! Dashez-le !"

"Maintenant, maintenant, M. Cornith ! Si vous cédez à vos sentiments, vous ne savez pas ce qui pourrait arriver. C'est une des choses que vous n'aviez pas anticipées. Il n'y a rien dans le cahier des charges—"

"Ici!" Lucy ouvrit son sac à main et en sortit une flasque. "Tu as besoin d'un verre. Préparez-vous. Il y a des choses pires que d'être marié."

"Je ne bois pas." Cornith saisit la flasque et en jeta une hirondelle. "Ah ! Martian Vinth ! Ne touchez jamais à ce truc." Il but une autre gorgée. "Maintenant, je n'ai plus besoin de t'épouser. J'ai délibérément précisé que ma femme ne devrait pas être une Vinth sot."

"Herbe chérie, tu es si intelligente ! Je déteste ce genre de choses. Mais je savais que les scientifiques en boivent pour renforcer leur esprit et pour maintenir leur santé. Je l'ai apporté pour prouver à quel point je suis réfléchi. J'ai aussi dans mon sac à main une longueur de corde à mâcher.

Cornith secoua la tête. "Je ne mâche pas, mais vas-y."

Lucy secoua la tête. "Dommage. Je mâche, bois, fume, me bagarre, jure, mens, vole, mange avec mon couteau et jette des choses. Tout est dans le cahier des charges. Je fais tout sauf boire du Vinth . Dommage que tu ne le fasses pas. Nous aurions pu on s'amuse tellement ensemble, à mâcher et à boire, à mentir, à voler, à se battre et à jeter des objets."

"Mais je ne pensais pas à toutes ces choses."

" Bien sûr que tu ne l'as pas fait, chérie ! Et je suis vraiment désolée que tu les aies mis dedans. Mais ce qui est fait est fait, et ça ne sert à rien de s'inquiéter. Prends un autre verre et prépare-toi."

Cornith prit un autre verre et rendit la flasque. Il se sentait mieux maintenant. Le Martian Vinth avait un effet à la fois apaisant et exaltant. Les choses qui semblaient si stupides un instant auparavant semblaient désormais raisonnables.

"Très bien," dit-il. "Si vous faites toutes ces choses, vous êtes admissible. Faisons mentir un spécimen pour voir à quel point vous êtes bon."

"Je te déteste!"

"Maintenant, attends ! Ne t'envole pas."

"Mais chérie ! Je te faisais simplement un exemple de mensonge."

"Tu veux dire, tu m'aimes ?"

"Non."

"Alors pourquoi veux-tu m'épouser ?"

"Je ne sais pas."

"Oh ! Je vois. Tu mens."

"Bien sûr."

" Dis la vérité. Est-ce que tu m'aimes ? "

"Maintenant, maintenant, M. Cornith ! Il n'y a rien dans le cahier des charges qui oblige à dire la vérité sur quoi que ce soit, à tout moment."

"Oh mon Dieu!" La pleine réalisation de l'horrible vérité secoua Cornith , figea la douce lueur que Martian Vinth avait instillée. "Je n'ai inclus aucune bonne qualité dans le cahier des charges !"

"Et je suis vraiment désolée," dit tendrement Lucy. "Parce que j'aurais très facilement pu m'entraîner pour être bon, pour être tout ce que vous vouliez. Mais je devais suivre les spécifications. C'était la seule façon de me qualifier. Peut-être que je pourrai changer - dans cinq ou dix ans. "

Cornith secoua tristement la tête. "Dans cinq ou dix ans, cela n'aura plus d'importance dans un sens ou dans l'autre."

"Alors tu vas m'épouser et t'habituer à moi ?"

"Non."

"Mais Herb, chérie ! J'ai travaillé si dur pour créer toutes les bêtises que tes spécifications exigeaient. Personne d'autre ne voudra d'une femme comme ça. De plus, je suis amoureux de toi depuis que tu as élaboré la formule pour conserver les rayons cosmiques.

"Tu te souviens de CA?"

"Bien sûr. Je t'ai vu pour la première fois alors, à la télévision. Tu m'as rappelé quelque chose dont j'avais rêvé."

"Quoi?"

"Je te le dirai après notre mariage."

"Je ne vais pas t'épouser."

"Il le faudra. Je peux satisfaire à toutes les exigences. Voici votre portefeuille que j'ai volé dans votre poche il y a dix minutes. Et la loi dit..."

"Mais tu as un poids insuffisant."

« Est-ce que tu vas laisser une petite chose comme ça… ?

Lucy s'arrêta brusquement et Cornith sourit sereinement. "Bien sûr," dit-il. "Le cahier des charges exige que la femelle pèse cent vingt-trois livres, mouillée, et elle ne peut pas modifier consciemment son poids en mangeant ou en buvant. Maintenant, je vais vous donner une chance sportive. Vous pesez cent vingt- deux livres et quinze onces, ou peut-être un peu moins. Vous pouvez vous peser et voir. Si vous prenez une once, ou suffisamment pour vous faire peser un vingt-trois, en une heure, et sans manger ni boire, ni penser à votre corps, je t'épouserai sans même te demander ton nom.

"Il y a certaines absorptions—"

"Non. C'est fini. Tu devrais penser à ton corps."

Le front lisse de Lucy se plissa. Elle se dirigea rapidement vers le bureau et fit tourner le globe qui y reposait.

"Non. Pas de chance. Nous sommes presque au niveau de la mer. Vous ne pouvez pas descendre plus bas que cela. Et si vous alliez à une altitude plus élevée, vous peseriez moins."

Soudain, Lucy sourit, attrapa un crayon et commença à calculer sur un bloc-notes, et Cornith réfléchit : "C'est une bonne sportive. Et une beauté. Par George ! J'espère qu'elle comprendra." Puis il fronça les sourcils. "Mais il est impossible."

Lucy laissa tomber le crayon et frappa dans ses mains. "Je l'ai", s'est-elle exclamée. " Chronométrez-moi maintenant. "

"Je vais d'abord devoir vous peser", a déclaré Cornith . "Dégoulinant."

Les joues de Lucy sont devenues plus roses. « Ne me croyez-vous pas sur parole ?

Cornith secoua la tête. "Tu es un menteur accompli."

"Je vais la peser," proposa la blonde.

Cornith haussa les épaules. "Ça ne me dérange pas. Mais quand vous prétendez peser cent vingt-trois livres, et qu'il ne manque aucune once, je vais faire la pesée."

Les joues de Lucy prirent une teinte rosée. Apparemment préoccupée par ses propres pensées, elle ne répondit rien. Elle suivit la jeune fille blonde hors de la pièce et Cornith s'assit sur le bord du bureau pour attendre. Il aurait préféré ne pas avoir posé le problème. Il pouvait penser à mille raisons pour lesquelles il serait intéressant d'être marié à une créature aussi intensément vivante. Et il ne s'est pas trompé sur ce qu'on appelait ses défauts. Ils étaient le résultat d'un modèle de formation. Ce n'était pas sa personnalité fondamentale et ils n'étaient pas profondément enracinés. En fait, elle pouvait être, et était, tout ce qu'il voulait chez une femme. Il avait décidé de lui demander de l'épouser même si elle ne parvenait pas à résoudre le problème, lorsqu'elle et la blonde revinrent.

Il y avait de légères gouttes d'humidité sur les lobes des oreilles de Lucy et la robe rose pendait de travers. "Je n'ai pas eu le temps de bien sécher et j'ai dû enfiler mes vêtements. Dépêchez-vous ! Nous allons nous marier. Tout de suite !"

"Combien pèses-tu?"

"Une once vingt-deux, quatorze et trois quarts. Mais je pèserai une once vingt-trois dans vingt minutes."

Cornith secoua la tête. "Têtu", se dit-il. "Bluffer. Mentir. Je devrais lui donner une leçon."

"Je vais mettre une clause lors de la cérémonie", dit-il à voix haute, "que si vous ne pesez pas exactement cent vingt-trois livres, nous ne sommes pas légalement mariés."

"Tu es si intelligent", sourit-elle. "J'allais le faire moi-même."

"Le jeu, de toute façon", réfléchit Cornith , alors qu'il la suivait précipitamment jusqu'au toboggan et jusqu'au toit.

"Nous nous marierons et ensuite vous pourrez me peser", dit-elle. « Et si je ne pèse pas un vingt-trois… » Son front se plissa. "Eh bien ! J'espère que j'ai bien compris."

"Si vous ne pesez pas cent vingt-trois ans, ce ne sera pas légal", a insisté Cornith . "Je vais insérer cette clause."

Un air de douleur apparut sur ses traits pendant un instant, puis il disparut et elle se dirigea vers un taxi aérien.

"Il y a un lieu de mariage pressé à dix minutes", dit-elle. "Même altitude. Près du niveau de la mer. On peut s'y marier rapidement."

Cornith haussa les épaules. "Dites-le au chauffeur."

Trente minutes plus tard, ils se mariaient, avec la clause résolutoire incluse. Cornith pensait maintenant qu'il avait poussé la plaisanterie trop loin. Lucy semblait au bord des larmes. De plus, ils ne seraient légalement et définitivement mariés qu'après qu'il l'ait pesée. Et il savait maintenant qu'elle entendait se conformer strictement aux paroles de la cérémonie, que si la balance indiquait moins de cent vingt-trois livres , elle ne se considérerait pas mariée. Il songea à régler la balance. Mais elle l'accompagna pour les acheter et insista pour qu'ils soient vérifiés et scellés au centième d'once. Cornith savait maintenant qu'elle n'était pas seulement une menteuse, mais aussi la personne la plus sincère et la plus consciencieuse qu'il ait jamais connue.

Il se sentait mesquin, mesquin et bas alors qu'il l'accompagnait dans la suite nuptiale qu'il avait engagée via un communicateur de poche. Il a posé la balance sur le sol et a eu l'impression d'avoir délibérément trompé et trompé un enfant innocent. Il pouvait voir que Lucy n'était pas sûre d'elle. Il pouvait ressentir les tremblements de peur qui la secouaient, les doutes, les questions du bien et du mal, la question de savoir ce que tout cela allait faire à son bonheur. Il aurait échangé son pavillon de chasse sur Mars juste pour le privilège d'y retourner et de tout changer et de lui dire qu'elle était parfaite à cent vingt-deux livres, quinze onces, et qu'elle n'avait jamais besoin de changer un iota pour lui plaire.

Elle se tourna lentement pour lui faire face, et deux larmes de cristal se formèrent au coin de ses yeux azur. "Juste un baiser", supplia-t-elle. "Parce que je pourrais échouer, et cela signifie la fin."

Cornith la serra contre lui. Il aurait aimé pouvoir faire quelque chose pour la réconforter, pour tout changer, mais il connaissait la profondeur de sa sincérité, et il savait qu'elle ne lui offrirait aucune excuse, n'accepterait aucun échec, même de sa part. En fait, tout son bonheur, semblait-il, dépendait de sa promesse qu'elle remplirait les spécifications jusqu'à la dernière once.

Elle le repoussa et sourit à travers ses larmes. "Je perds du poids en pleurant", a-t-elle déclaré. "Eh bien, mon Dieu ! J'espère avoir bien compris."

"Dégoulinant", dit-il. "Laissez la mousse si vous le souhaitez."

Elle secoua la tête. "Ce ne serait pas honnête." Elle s'est détachée et a couru vers la salle de bain. Elle entra dans la salle de bain et ferma la porte. Cornith se tenait là, seul, et soudain il eut l'impression que son propre poids avait augmenté. Quelque chose avait disparu, loin de lui, quelque chose qui était vitalement vivant, chaleureux et coloré. Il se dirigea vers la fenêtre et regarda la rue en contrebas. Il était rempli de vie, mais sa vie semblait étrangère, lointaine. Ses oreilles captèrent le faible bruit de la douche, et il savait que ses pensées seraient toujours remplies du souvenir de la façon dont il était proche du bonheur.

Il entendit la porte de la salle de bain s'ouvrir doucement, mais il n'osa pas regarder. Son cœur était trop lourd. Puis il entendit la voix douce et tremblante. "J'ai du savon dans les yeux. Viens regarder la balance. Ne me regarde pas. Je suis trempé."

Cornith se tourna lentement et reprit son souffle. La vision qui se présenta à ses yeux était d'une beauté transcendant ses rêves les plus fous. Les perles d'eau scintillantes étaient comme des joyaux clignotants ornant un corps rose tendre et blanc, vitalement vivant et pourtant tremblant de peur. Il se dirigea rapidement vers la balance et regarda.

Une lueur chaude commença à ses pieds et se précipita vers le haut, le rendant étourdi alors qu'elle balayait son cou, son visage et son cerveau. La balance indiquait cent vingt-trois livres et quatre centièmes d'once. Il leva les yeux. Elle avait essuyé le savon de ses yeux et ces orbes azur brillaient d'un élan de joie sans précédent.

Cornith se précipita pour la prendre dans ses bras, mais elle bondit, courut vers la salle de bain, claqua la porte et la verrouilla.

"Sortez", dit-il. "Vous avez vu la balance."

"Je ne sortirai pas", a-t-elle répondu, "jusqu'à ce que vous ayez compris comment j'ai fait."

"Ne sois pas stupide."

"Je suis une femme déterminée, Herb chérie !"

Et Cornith savait que c'était vrai. Il ne lui restait plus qu'à se mettre au travail et à comprendre comment elle avait accompli ce miracle apparent. Il tira une chaise devant le bureau, trouva du papier et chercha sa plume. Il a exposé le problème, annulant le fait de manger et de boire, car il avait été avec elle tout le temps et elle n'avait rien pris. Il pensa que peut-être elle et la blonde avaient menti sur son poids initial. Mais cela ne convenait pas. Elle s'était sincèrement inquiète de savoir si elle réussirait. Ah ! C'était là.

Il se mit au travail et en trois minutes il avait deux pages remplies de chiffres, de chiffres et de symboles. Il sourit sombrement et continua son travail . Dix minutes se sont écoulées. Il l'entendit appeler depuis la salle de bain, mais ne répondit pas. Il était absorbé par le problème. Il a travaillé encore et encore, éliminant des variables, reformulant le problème, recommençant avec une théorie différente, travaillant encore et encore. Une heure s'est écoulée.

Alors que les équations lui traversaient l'esprit, son image était toujours parmi elles.

Le bureau et le sol étant encombrés, Cornith fit une pause réfléchie. Il entendit un léger mouvement derrière lui, puis la voix de Lucy dit : "Je ne pouvais plus attendre. Je suis venue pour t'aider."

"Ne me dérange pas maintenant", dit Cornith . Il nota une autre rangée de chiffres, puis se pencha en arrière et soupira.

Deux bras chauds lui entourèrent le cou. « Était-ce si difficile ? elle a demandé. "Je l'ai compris en un rien de temps. C'est juste que la gravité diffère aux pôles et à l'équateur. Elle est légèrement plus importante aux pôles. Environ une sur cinquante, je pense. Je n'en étais pas sûr. Mais sur cette base , j'ai J'ai pensé qu'il y aurait un changement de densité d'environ une once tous les cent milles environ. J'ai dû le deviner. C'est pourquoi j'avais si peur. Quoi qu'il en soit, nous avons volé plus de deux cents milles au nord jusqu'à cet endroit précipité . tu comprends, chérie ?

"Tu veux dire, à propos de ton poids et de la différence de gravité entre l'équateur et les pôles ?"

"Oui chérie."

"Je l'ai compris dans les trois premières secondes après m'être assis. J'ai calculé votre personnalité de base, essayant de déterminer combien de temps vous resteriez dans la salle de bain avant de venir m'aider. Cela m'a manqué quelque part. Je pensais que tu serais là encore deux heures. Je vais devoir vérifier mes chiffres. Va-t-en.

"Oh non, tu ne les revérifieras pas." Elle posa une main sur le papier. "Sur celui-ci, je vais vous aider. L'erreur est là. Vous n'avez pas permis au volume et à la force de mon amour d'annuler le volume et la force de ma détermination et de ma résistance. Carrez la résistance et élevez l'amour à la puissance dix. Et maintenant, si vous ne me faites pas un gros bisou, je reviendrai aux spécifications et en volerai un.

L'instant d'après, elle fut écrasée dans ses bras puissants. Et ses oreilles remuaient avec extase.